KB220417

사서 고생

사서 고생

조우리

위즈덤하우스

차례

올해 장서 점검은 12월 첫 번째
월요일부터 두 번째 월요일까지 일주일간
진행된다. 공지를 확인한 동그라미도서관의
사서들은 저마다의 방법으로 장서 점검
기간을 기록했다. 스마트폰의 일정 관리
애플리케이션이나 구글 캘린더를 이용하는
이들이 있는가 하면, 종이 다이어리나
스케줄러에 손으로 쓰는 이들도 있었다.
영지는 책상에 놓인 탁상 달력을 집어 들었다.
그리고 노란색 형광펜으로 날짜들을 잇다가

장서 점검 기간 중 하루에 먼저 그려져 있던
동그라미를 발견했다.

이날이 무슨 날이지? 영지는 찬찬히
기억을 더듬어본다. 탁상 달력에는 개인적인
일정은 일절 적지 않고 업무에 관련한 날만
표시했다. 따로 챙겨야 할 업무나 행사가
있는 날이나 본부에 보내야 할 서류가 있는
날짜에 파란 볼펜으로 동그라미를 그리고
얼른 알아볼 수 있도록 간략히 내용을 요약한
단어들을 옆에 적었다. 작가 강연, 시설 안전
점검, 수당 신청 마감 같은. 때로는 회식이나
연수 장소를 적기도 하고. 그런데 이날엔 따로
적힌 말이 없었다.

"리더기 신청은 영지 쌤이 맡아줘요."

"네, 관장님."

별일 아니겠지. 영지는 달력을 다시 오늘
날짜로 돌려놓는다. 해바라기가 그려진 8월

달력으로. 그리고 'RFID 리더기 신청'이라고 적는다. 동그라미도서관의 장서는 약 20만 권. 작년 장서 점검 때 빌린 리더기 세 대로는 조금 버거웠다. 이번엔 아무래도 한 대가 더 필요할 것 같다. 영지는 방금 적은 메모에 숫자 '4'를 덧붙여 적는다.

장서 전부를 기록과 일일이 대조하느라 사서들이 관절통을 호소하곤 했다던 과거의 장서 점검을 영지는 대학 시절 교수님과 선배 사서들의 무용담으로만 전해 들었다. 영지가 졸업 전 실습생이었을 때도 이미 대부분의 도서관이 'RFID'라 불리는 무선 인식 시스템으로 장서를 관리했다. 반도체 칩이 내장된 태그를 책 안쪽에 붙여서 상태를 추적하는 것이다. 그래서 영지에게 장서 점검 풍경은 목장갑과 마스크를 끼고 책을 뒤적이는 것이 아니라 한 손엔 리더기를, 다른 손엔 리더기와 연결된 노트북이 실린 카트 손잡이를 잡은 모습으로 떠오른다.

얇은 판 형태의 안테나가 달린 리더기를 든 사서가 자신이 맡은 서가의 책들 사이에 안테나를 꽂아 넣으면, 리더기가 태그를 인식해서 장서의 비치 상태를 확인하고 노트북으로 전송한다. 정해진 범위 안의 책을 동시에 인식하기에 주변에 청구기호 순서대로 꽂히지 않은 책, 아예 분류에 맞지 않게 꽂힌 책이 있으면 '오류' 알림음이 울린다. 있어야 하는 책이 제자리에 없는 관내 분실 혹은 기록상 대출 중이어서 도서관에 없어야 하는 책이 떡하니 꽂혀 있는 반납 미처리의 경우도 마찬가지다. 알림음이 울리면 리더기 담당이 아닌 사서들이 달려와 직접 책을 붙들고 오류를 바로잡는다.

가격이 더 비싼 고급형 리더기는

책 사이에 안테나를 꽂을 필요 없이
주변을 훑으며 움직이기만 해도 태그를
인식한다는데, 본부에서 대여해주는 보급형
리더기는 대여섯 권마다 한 번씩 안테나를
꽂아서 인식시켜야 했다. 동그라미도서관의
서가 한 칸에는 평균적으로 마흔 권의 책이
꽂혀 있으니 안테나를 여덟 번은 꽂았다가
빼야 하는 것이다. 이제 2년 차 사서로 작년에
처음 리더기 담당을 맡았던 영지는 장서
점검 둘째 날부터는 어깨와 팔꿈치에 파스를
붙여야 했다.

　　관장을 포함한 여덟 명의 사서가
유아자료실과 어린이자료실부터 종합자료실,
디지털자료실, 정기간행물자료실,
보존서고까지 동그라미도서관의 모든
장서를 점검하는 데에 주어진 시간은 고작
일주일. 비치 상태만 확인하는 것이 아니라

파손되거나 오염된 책, 몇 년간 대출이 없는 책도 골라내야 했다. 표지에 붙인 바코드가 훼손되거나 인쇄가 잘못된 책도 제법 발견된다. 리더기가 해주지 못하는, 사람의 눈과 손이 필요한 일이 더 많았지만 그조차도 없었다면 영지로서는 도저히 엄두도 나지 않는 일이 장서 점검이었다.

　책 뒤에 작은 종이봉투를 붙이고 수기로 대출 카드를 작성해 끼워 넣던 시절의 장서 점검은 도서관 규모에 따라 꼬박 1년의 휴관이 필요할 수도 있는 대대적인 작업이었다고 들었다. 그럼에도 장서 점검을 마치자마자 발견되는 파본과 영영 찾지 못한 관내 분실 도서는 어쩜 그리도 많았던지. 영지는 한탄하는 목소리로 말하면서도 왜인지 그리운 표정을 짓던 서지학개론 교수님을 떠올린다. 온화한 인상과는 달리 시험 난도가

상상 초월로 높아서 많은 학생들을 좌절하게
했던 교수님. 영지도 시험지를 받아 들고
속으로 비명을 지르곤 했었다.

그 교수님이 영지의 지도 교수님이었다.
졸업 학기를 앞두고 면담을 하는 자리에서,
영지는 졸업 시험을 미루고 휴학을 하고
싶다고 말했다.

"제가 정말 사서가 되고 싶은 건지 잘
모르겠어요."

교수님은 영지를 물끄러미 바라보시다가
아르바이트를 할 생각이 있느냐고 물으셨다.
동문 선배가 사서 교사로 일하는 고등학교가
폐교되는데, 그곳 도서관 장서 중에 폐기하면
안 될 책의 목록을 만드는 일을 도와주라고.

"자네가 가서 살려야 할 책을 같이
살펴주게."

살려야 할 책. 그 말이 영지에게는

낭만적으로 들렸다. 사서가 되기를 망설이는
자신에게 사서로서의 사명을 알려주려는
교수님의 큰 뜻이구나 짐작하며 선배의
연락처를 받아 약속을 잡았다.

하지만 고속버스를 타고 충청도의
어느 고등학교에 도착해서 본 풍경은 전혀
낭만적이지 않았다. 이미 철거 공사가 시작된
터라 운동장에는 거대한 장비들이 늘어서
있었고, 인부들이 쉴 새 없이 소리치며 바쁘게
움직였다. 도서관이 있던 별관 건물은 이미
반쯤 철거된 상태였다. 책들은 아무렇게나
쌓여 있었다. 구겨지고, 무너지고, 흐트러지고,
더럽혀진 채로. 정말 아무렇게나.

그 학교의 장서는 3만 권. 보통
학교들보다 양이 많았다. 지역 이름이 붙은
유서 깊은 학교여서 졸업생들로부터 기증받은
책들이 특히 많다고 했다.

"혹시 다시 가져가실 생각이 있으신지 메일을 보냈는데 다들 사양하시더군요."

3만 권의 책을 홀로 보살피던 선배는 씁쓸하게 웃었다. 지역의 다른 도서관에 연락해서 몇 권, 지역 주민들에게 무료로 배부해서 몇 권, 동문 사서들에게 물어봐서 몇 권…… 살려낸 책은 고작해야 몇백 권이었다고 덧붙이며.

"여기까지 힘들게 와줬는데, 헛고생을 시켜서 미안해요. 더는 시간이 없네요."

공사 일정이 변경되면서 그날 새벽에 별관 건물 철거가 시작됐고, 건물 바깥에 쌓인 책들은 그 전에 인부들이 급히 끄집어낸 것이었다. 곧 폐지 수거 차량이 도착할 거라고 했다.

그날 영지는 그 지역의 향토 음식이라는 민어 회 무침이나 얻어먹고는 하릴없이 서울로 돌아왔다. 차창에 비친 자신의 얼굴을 보면서 영지는 터미널로 자신을 태워다주었던 선배의 자동차 뒷좌석과 트렁크에 가득 실린 책들을 떠올렸다. 그리고 선배가 겨우 살린 그 책들이, 과속방지턱을 지날 때에 파도치듯 출렁이며 흔들리던 기척을 가만히 되새겨보았다.

영지는 휴학하지 않았다. 졸업 시험을 무난한 성적으로 통과해 정사서 2급 자격증을 받았고, 동그라미도서관의 사서가 되었다.

본부에 전자 결재 올릴 '장서 점검 기기 대여 신청의 건' 공문에 정확한 대여 기간을 적기 위해 영지는 달력을 다시 8월에서 12월로 빠르게 넘긴다. 작년보다 한 대 더 많은 네 대의 리더기를 신청하려면 본부에 속한 도서관 여섯 곳 중 가장 먼저 결재를 올려야 할 것 같아 마음이 조급해진다.

12월 달력엔 눈사람이 그려져 있다. 업무 전화를 받으면서 낙서하는 습관이 있는 영지가 언젠가 눈사람에게 만들어준 눈, 코, 입이 보인다. 점 두 개를 콕콕 찍은 눈, 그 사이에 짧게 긋는 코, 그 아래로 크게 휘어지는 입. 영지가 곧잘 그리는 얼굴이다. 웃는 얼굴. 그 얼굴은 파란 볼펜으로 그려져 있다. 잊지 말아야 할 중요한 일정처럼. 그 얼굴을 보니 무언가가 생각날 듯 영지의 머릿속이 간질거린다. 눈사람의 파란 눈, 코, 입. 장서 점검 기간 한복판의 파란 동그라미. 파란······.

그러다 반짝, 어두운 방에 조명이 켜지듯 한 장면이 환하게 떠오른다.

눈사람. 그리고 이정아.

❖

영지는 작년 첫눈으로 작은 눈사람을
만들었다. 11월의 어느 일요일 이른
아침이었다. 영지가 사서로 근무하는
동그라미도서관은 매주 월요일에 휴관하기에
직원들은 두 개 조로 나뉘어 주말 중 하루를
골라 월요일과 함께 일주일에 이틀을
쉬었다. 직원 대부분이 이틀을 붙여 쉬는
쪽을 선호했기 때문에 연차가 높은 순서대로
일요일에 쉬는 조를 골랐고, 신입 사서인
영지가 쉬는 요일은 당연히도 토요일이었다.

그러므로 영지에게는 휴일이 아닌 일요일,
알람 소리에 눈을 떠 커튼을 젖히니 눈이
내리고 있었다. 영지의 고향은 경남 남해군
남해읍으로 한겨울에도 눈을 보는 일이
드물었다. 내린다고 해도 싸락눈일 때가

많아서 쌓인 눈을 볼 일은 더더욱 없었다.
중학생 시절 영지가 좋아하던 드라마에는
첫눈이 오는 날 재회를 약속하며 헤어지는
연인이 등장했는데, 그들은 마지막 화에
이르러 알전구가 반짝이는 거리에서 첫눈을
맞으며 다시 만났다.

"저기, 명동이야."

세 살 터울인 언니는 부산의 고모 댁에서
고등학교를 다녔는데, 주말마다 기차를 타고
서울에 다녀온다고 했다. 고모에겐 아침 일찍
독서실에 가겠노라 말을 하고 부산역으로
향했고, 저녁 식사에 늦지 않게 얌전히
돌아오곤 했기 때문에 한 번도 들키지 않았다.
서울에 사는 친구가 있다는 것도, 그 친구가
남자라는 것도 물론. 방학 때 집에 돌아온
언니에게서 서울에서 사 온 작은 기념품을
얻는 영지와 언니만의 비밀이었다.

이제야 생각해보면 그때 언니가 서울에 머문 시간은 고작 서너 시간 남짓이었다. 그 짧은 시간을 위해 용돈을 아껴 기차표를 샀던 언니. 그 비밀스러운 당일 여행을 들키지 않기 위해 평소에 배로 공부해서 좋은 성적을 유지했던 언니. 어린 영지는 그런 언니를 이해하지 못했지만, 언니에게 비밀이 있고 그 비밀을 자신과 공유한다는 사실이 마냥 좋았다. 명동의 수입 잡화점에서 판다는 헬로키티 메모지, 부모님의 눈에 띄지 않을 만큼 작은 플라스틱 장식이 달린 머리핀 같은 것들만큼이나.

"명동엔 진짜 사람이 저렇게 많아?"

"저거보다 훨씬 많지. 외국인도 많고."

언니와 소곤소곤 속삭이며 TV를 볼 때, 영지는 "첫눈이 오면 명동에서 만나자"고 누군가에게 말하는 자신을 상상해보았다.

그건 그때의 영지가 떠올릴 수 있는 가장 낭만적인 말이어서 겨드랑이 안쪽을 누가 깃털로 간질이는 것 같았다.

서울에서 맞는 겨울이 벌써 몇 번이나 지나갔는데도 첫눈이 오는 날이면 영지의 마음은 항상 새롭게 술렁였다. 미지의 연인을 떠올리며 실없이 웃었던 열다섯 살처럼. 지금 보는 눈이 그해의 첫눈이 아니라 자기 생에 첫눈인 것처럼.

기숙사에 살던 대학 시절엔 룸메이트인 선배 언니와 두 번의 첫눈을 같이 보았다. 첫눈뿐만 아니라 같은 방을 쓰던 두 해 동안 눈이 내린 날에는 대부분 함께였다. 선배 언니는 겨울 계절학기를 듣느라, 영지는 도서관 근로 장학생으로 일하느라 2학기가 끝난 뒤에도 기숙사를 떠나지 않고 학교에 남아 있었으므로. 강원도 정선이 고향인 선배

언니는 하늘 빛깔만 보고도 눈이 올 것을
안다고 했다.

"젠장, 벌써 콧물 나오네. 콧물까지
얼어가며 밤새도록 삽질하던 트라우마가 몸에
새겨져 있다니까, 내가. 눈이 쌓이는 속도를
사람은 절대 못 따라가거든? 근데 멈추면 안
돼. 멈추면 갇히는 거야."

학생 식당 앞 흡연 구역에서 담배 연기를
내뿜으며 하늘에 대고 욕을 하는 선배
언니 옆에 흡연자도 아니면서 꼭 붙어 서
있던 영지는 킥킥 웃으며 자판기에서 뽑은
달짝지근한 밀크 커피를 홀짝거리곤 했다.
서둘러 치우지 않아도 갇힐 만큼 쌓이지는
않을 눈을 보면서. 눈에 파묻히면 차가울까,
따뜻할까. 선배 언니가 알았다면 질겁할
상상을 하면서.

출근 준비에 여유가 있는 시각이었다.

영지는 잠옷 위에 패딩 점퍼를 걸치고 밖으로 나갔다. 눈송이가 굵어서 그새 제법 쌓여 있었다. 주차된 차에 쌓인 눈을 털어내는 사람들이 보였다. 영지는 혹시 어디선가 선배 언니가 콧물을 훌쩍이며 눈을 치우고 있진 않을까 생각했다. 졸업하고 곧바로 지망하던 대기업에 취업했던 선배 언니와는 얼마 지나지 않아 연락이 끊겼다. 그러다 몇 다리를 건너 고향에 돌아갔다는 소식을 들었다. 건강검진에서 초기 암세포를 발견해 수술을 했다고. 수술 경과는 좋았으나 몸이 도통 예전만큼 회복되질 않아서 혼자 서울에 남아 있을 수가 없었다고.

골목을 지나가는 오토바이가 점점 속도를 줄이면서 멀어졌다. 바퀴 아래에서 뭉개진 눈이 미끄러지기 좋게 매끈한 길을 만들었다. 그 위로 플라스틱 썰매를 끌고 나타난

아이들이 종알종알 떠들며 지나갔다. 어느
골목에 썰매 타기 좋은 언덕이 있는 모양이다.
영지는 하늘에서 떨어지는 하얀 눈송이들을
한참 넋을 놓고 바라보았다. 그러다 문득
눈사람을 만들기로 했다. 바닥까지 싹싹
긁어모으진 않고, 쌓인 눈의 윗부분만
조심스럽게 떠서 꼭꼭 뭉쳤다.

　　가장 깨끗한 눈사람. 영지는 그 작은
눈사람을 냉동실에 넣었다. 그즈음 영지는
요리를 전혀 하지 않고 끼니를 주로 밖에서
해결했기에 월세 원룸에 옵션으로 놓여
있던 냉장고는 대체로 텅 비어 있었다.
덕분에 눈사람은 안락한 자리를 얻을 수
있었다. 영지의 엄마가 보내준 지퍼백에
담긴 고춧가루(밀폐를 위해 삼중으로 담겨
있다)와 어느 날 퇴근길에 충동적으로 들른
다이소에서 예정에 없이 구매한 곰돌이 모양

실리콘 얼음 틀(물은 들어 있지 않다) 사이에.

영지의 '미러라클(Mirroracle)' 아바타 이름이 '눈사서(Snowlibrarian)'인 이유는 그 때문이다. 첫눈이 내린 날, 첫눈으로 만든 눈사람을 냉동실에 넣어두고 출근한 영지가 자신이 미러라클 동그라미도서관 담당자가 되었다는 소식을 듣고 인수인계를 받기 위해 부랴부랴 아바타를 만들었기 때문에.

'현실과 닮은 거울(Mirror) 속 세상에서 펼쳐지는 기적(Miracle) 같은 일들'이란 슬로건을 내건 메타버스 플랫폼 미러라클은 코로나19 팬데믹으로 대면 활동이 어려웠던 2020년에 서비스를 시작해 폭발적인 인기를 얻었다. 기업들이 앞다퉈 미러라클과 제휴를 맺고 '미러라클 지점'을 냈으며, 현실에서는 열리지 못하는 축제도 미러라클에서는 아바타들로 북적였다. 유명인들이 SNS에 자신의 미러라클 아바타의 모습을 올렸다. 미러라클에서 벌어진 사건 사고가 연일 현실의 뉴스 헤드라인을 장식했다. 미러라클에서 화폐처럼 사용되는 '미러라클포인트' 교환권은 어느 상품권보다도 선호하는 선물이 됐다. 아이돌 그룹의 콘서트, 명품 브랜드의 패션쇼, 1타 강사의 수능 특강이 미러라클에서 열렸다.

상황이 이렇게 흘러가다 보니 유행이라면 놓치지 않고 편승하려는 기관장들의 닦달에 의해 공공기관들도 하나둘씩 미러라클에 청사를 열었다. 미러라클 구청에서는 각종 증명서를 발급받을 수 있었고, 미러라클 경찰서에서는 경범죄를 신고하거나 범칙금을 납부할 수 있었다. 이미 인터넷 홈페이지에서 다 가능했던 일인데도 아바타들은 환호하며 당장 필요하지도 않은 가족관계증명서를 발급받았다. 미러라클 경찰서 유치장은 아바타들의 인증숏 명소가 되었다.

전염병의 기세가 흉흉할수록 현실의 거리는 썰렁해졌고, 사람들은 현실의 모든 것을 챙겨 미러라클로 피난을 떠났다. 그러니 미러라클 도서관이 생기지 않을 이유도 없었다.

많은 도서관들이 미러라클에 가상 건물을 지었다. 대체로 현실의 도서관과 똑같은 모습이었다. 1층에는 어린이열람실, 2층에는 종합자료실, 3층에는 디지털자료실을 만드는 식으로. 종합자료실에서도 디지털자료실에서도 볼 수 있는 건 전자책뿐이었지만, 메타버스 세상에서도 도서관에서 노트북(아바타를 꾸미는 유료 아이템이다)을 쓰려는 아바타들은 별도로 지정된 좌석에 앉아야 했다. 춤(유료 구매해야 하는 아바타 동작 기능이다)을 추거나 노래(온라인 음원 사이트와 연동되어 있다)를 부를 수도 없었다. 그래서일까. 미러라클의 다른 곳들과는 달리 미러라클 도서관을 찾는 아바타는 곧 눈에 띄게 줄어들었다. 게다가 책을 읽는 일이야말로 굳이 아바타를 통할 필요가 없는 경험이었다. 아바타가 펼친 가상 책을 통해 전자책을 읽는 것은 사람이 직접 전자책을 읽는 것보다 번거롭고 눈의 피로만 더할 뿐이었으니까.

그런데 미러라클의 여러 도서관 중에서 단 하나의 도서관만이 점점 더 아바타들로 (조용하게) 북적였다. 바로 미러라클 동그라미도서관이었다. 공간만 구현해놓은 다른 도서관과 달리 사서 아바타가 상주하면서 이용자 취향에 맞춰 책을 추천하고 독서 모임까지 운영한 덕분이었다.

미러라클 동그라미도서관의 아바타 사서 '동그리(Donglee)'는 현실 동그라미도서관의 기간제 야간 사서 이정아였다. 영지보다 열 살이 많고, 사서교육원에서 취득한 준사서 자격증을 정사서 2급 자격증으로 승급시키기 위해 대학원 진학을 준비한다던 이정아. 대학원 학비를 모으는 동안 계약 기간을 연장하기 위해 눈에 띄는 실적을 만들어야 했던 이정아. 그래서 팬데믹으로 문을 닫은 현실 도서관 대신 미러라클 도서관으로 출근한 이정아.

동그리의 활동이 화제를 모으면서 동그라미도서관은 '공공기관의 팬데믹 대응 우수 운영 사례'로 선정되어 표창을 받았다. 동그리를 모델로 삼아 아바타 사서를 근무시키는 미러라클 도서관이 속속 생겨났다. 어쩌면 이정아는 계약 기간 연장이 아니라 정직원 전환이라는 이례적인 결과를 얻을 수도 있었다. 팬데믹의 공포가 조금만 더 이어졌다면, 그래서 미러라클의 접속자가 줄어드는 일이 없었다면 말이다.

시간이 흐르며 전염병 확산세가 꺾이자 미러라클에 대한 사람들의 관심도 점차 식어갔다. 사람들이 마스크를 벗고 거리로 나오면서 미러라클에 접속하는 아바타 수는 하루하루 큰 폭으로 감소했다. 미러라클 이용료가 아까워진 기업들은 속속 미러라클 지점의 폐점을 공지했다. 미러라클 운영사에서 여러 차례에 걸쳐 이용료를 할인했지만 효과는 없었다. 이용료를 내지 않는 공공기관들도 차례로 운영 종료를 결정했다. 다시금 현실의 민원만으로도 바빠진 터라 미러라클을 통해 접수되는 민원까지 신경 쓸 겨를이 없다는 이유에서였다.

　'운영이 종료되었습니다. 직접
방문하시거나 홈페이지를 이용해주십시오.'
가상 건물들로 변화했던 미러라클의
거리에는 비슷한 안내문들만이 남았다.
그곳에 마지막으로 남은 도서관이
동그라미도서관이었다. 독서 모임에 참여하는
아바타들이 꾸준히 접속해준 덕분에 이정아는
현실의 사서 업무와 미러라클 아바타 사서
업무를 모두 해내야 했다.

　영지가 현실의 동그라미도서관에 출근한
첫날은 9월 첫 번째 화요일이었다. 그날
이정아는 본부로부터 자신의 근로계약이
연장되지 않는다는 통보를 받았다.
이정아에게 남은 시간은 연말까지 석
달이었다.

　영지는 이정아와 따로 대화를 해본 적이

없었다. 이정아는 다른 사서들과 근무시간이
달랐다. 동그라미도서관의 운영 시간은
오전 10시부터 오후 7시. 정규직 사서들의
근무시간은 오전 9시부터 6시였고, 기간제
야간 사서인 이정아는 오후 3시에 출근하고
오후 8시까지 근무했다. 업무분장표에
적힌 이정아의 담당 업무는 '대출/반납'과
'미러라클'이 전부여서 '강연 프로그램 운영'과
'SNS 홍보'를 맡은 영지로서는 더더욱 말을
섞을 일이 없었다.

　　게다가 이정아는 도통 사람들과
어울리질 않았다. 회식에도 참석하지
않았고, 사무실에서 과일이나 쿠키 같은
간식을 나눠 먹을 때면 어느새 자리에서
사라지고 없었다. 사실 영지는 이정아의
얼굴도 제대로 기억하지 못했다. 길에서
마주치면 알아보지도 못하고 스쳐 지나갈

것 같았다. 이정아의 계약 종료가 한 달
남은 시점, 첫눈이 내리던 11월의 어느 날
영지가 미러라클 후임자가 되어 이정아에게
인수인계를 받게 되기 전까지는 말이다.

[영지 씨는 왜 문헌정보학과에 갔어요?]
동그리 머리 위에 뜬 말풍선에 뜻밖의
말이 있어서 영지는 당황했다. 미러라클
동그라미도서관도 현실의 동그라미도서관과
운영 시간이 같았기 때문에 오후 7시가 넘은
시각, 불 꺼진 도서관에는 어느 쪽이든
둘뿐이었다. 동그리와 눈사서. 이정아와
박영지.
[사서가 되려고 갔죠.]
[영지 씨는 어떻게 알았어요? 자기가 뭐가
되고 싶은지.]
그날 뭐라고 대답했더라. 채용 면접을

볼 때처럼 말했었나. 어릴 때부터 책을
좋아했고, 도서관에 가면 마음이 편했고,
책이 세상을 더 나은 곳으로 만들 거라고
믿는다고. 공공시설로서 도서관이 사회에
끼치는 영향력을 중요하게 생각한다고.
오래전부터 사서가 되는 게 꿈이었다고. 그런
말들을 했었나. 아니면 진실을 말했던가. 그저
서울에 있는 대학에 가고 싶었다고. 합격
가능성이 있는 대학과 학과를 먼저 추린 다음
그중에 부모님이 듣기에 그럴싸한 '꿈'을 고른
것뿐이라고.

    이정아는 문헌정보학과 출신이 아니었다.
전문대학에서 러시아어를 전공하고 러시아
업체들과 거래하는 무역 회사에서 일했다고
들었다. 그러다 무슨 이유에서인지 회사를
그만두고 사서교육원을 다니며 준사서
자격증을 땄다고. 동그라미도서관은 물론이고

본부에 속한 도서관 정규직 사서 대부분이
정사서 2급 자격증을 가진 서울의 4년제
대학 문헌정보학과 출신이었다. 영지와
동문인 사서도 많았다. 도서관마다 한
명씩 있는 기간제 야간 사서들도 전문대학
문헌정보학과에서 준사서 자격증을
받은 이들이었다. 사서교육원 출신은
이정아뿐이었다.

　　왜 사서가 되신 거예요?

　　영지야말로 궁금했다. 러시아 현지에 파견
근무를 다녀올 정도로 유능했다던 이정아는
어쩌다 사서교육원에 가게 되었을까. 공공
도서관 사서가 되고 싶었다면, 이왕이면
학점은행제로 정사서 2급 자격증을 따는 게
여러모로 더 나았을 텐데. 하필이면 준사서
자격증을 따고, 이제 와서 대학원에 가겠다는
건 또 뭔지. 궁금한 건 많지만 선뜻 물어볼

수 있는 건 없었다. 이정아에 대해 영지가
알고 있는 사실들 중 무엇도 이정아로부터
직접 들은 것이 아니었기에. 이정아가 없는
자리에서 다른 사서들이 하는 이야기를
주워듣고 알게 된 것이기 때문에.

그날은 인수인계 마지막 날이었고
또한 이정아의 마지막 근무일이었다. 한 달
동안 영지는 일주일에 두어 번 운영 시간이
지나 불 꺼진 도서관에 이정아와 남아서
미러라클 동그라미도서관을 찾는 아바타
이용자들의 성향과 공간 관리 메뉴(미러라클이
가상공간 운영 아바타에게 특별히 할당한
기능들)를 익혔다. 실제 도서관과 마찬가지로
이곳에서도 한 권의 (전자)책은 한 번에 한
명의 이용자만 열람하거나 대여할 수 있었다.
아바타들은 도서관 내에서 음성 채팅을
사용할 수 없으며 '귓속말' 모드를 이용해

대화 상대끼리만 볼 수 있는 말풍선으로 대화해야 했다. 그 외 여러 이용 규칙들은 모두 이정아, 미러라클 동그라미도서관의 명예 관장(본부에서는 굳이 '명예'라는 말을 붙였다)인 아바타 동그리가 정한 것이었다.

[제일 중요한 건 도서관 문을 닫기 전에 안에 남아 있는 이용자가 없는지 확인하는 거예요.]

타닥타닥. 이정아가 키보드를 두드리는 소리가 들린다. 영지는 이정아를 이해할 수가 없다. 영지의 책상과 이정아의 책상은 파티션을 사이에 두고 마주해 있는데, 왜 말로 하지 않고 굳이 아바타 채팅을 해야 하는지. 그것도 귓속말 모드로. 하지만 문제 제기를 하기에는 이미 한 달 내내 그렇게 해온 터였고, 이제 마지막 날이었다. 괜히 불편해질 필요는 없겠지. 영지는 키보드를 부러 꾹꾹

눌러가며 글자를 만든다.

[공간 관리 메뉴에 '모두 내보내기'가 있던데요?]

[우리 도서관은 절대로 그렇게 안 해요.]

조금 커진 것 같다. 키보드를 두드리는 소리가. 영지는 슬쩍 파티션 너머를 흘깃거려보지만, 체구가 작은 이정아는 모니터에 완전히 가려져 있다.

왜요?

영지가 묻기 전에 다시 말풍선이 뜬다.

[책을 보고 있는 중이면 어떡해요. 책을 보고 있는데 그렇게 내쫓으면 안 되잖아요. 도서관인데.]

환송회는커녕 작별 인사를 나누는 자리조차 없이 이정아는 마지막 퇴근을 했다. 평소와 다름없는 나지막한 목소리로 "그럼 저는 이만"이라는 말과 묵례만을 남기고.

영지의 아바타 눈사서에게 미러라클 동그라미도서관 명예 관장 자리를 물려준 것이 이정아의 마지막 업무였다. 동그리의 머리 위에서 눈사서 머리 위로 반짝이는 별 모양 아이콘이 옮겨 왔다.

그날 이후로 영지는 며칠 잠을 설쳤다. 처음엔 베개가 불편해서 그런 줄 알고 거북 목에 좋다는 경추 베개를 샀다. 수건을 돌돌 말아 목 뒤에 끼우고 자면 좋다기에 그렇게도 해봤고, 어깨의 긴장을 풀어준다는 찜질 팩도 장만했다. 숙면에 도움을 준다는 라벤더 오일을 관자놀이에 문지르기도 하고, 편백나무 스프레이를 침구에 뿌려보기도 했다. 하지만 전부 소용없었다. 족욕도, 데운 우유도, 안대와 귀마개도.

그러다 꿈에 이정아가 나왔다. 아바타

동그리의 모습을 하고서. 주변을 둘러보니 그곳은 미러라클 동그라미도서관이었고, 영지 역시 아바타 눈사서였다. 두 아바타는 열심히 도서관을 쓸고 닦았다. 중요한 손님을 맞이할 준비라도 하는 것처럼. 동그리는 제 키보다 큰 빗자루를 들고, 눈사서는 양손에 마른걸레를 들고서. 둘이서 바쁘게 도서관을 누비는데 아무리 열심히 움직여도 도서관은 점점 더 더러워지기만 했다. 어느샌가 아바타들도 꼬질꼬질 때가 꼈다. 꿈에서 깨니 월요일이었다. 알람이 울리지 않는 월요일. 해는 벌써 중천이었다.

이상한 꿈이다. 미러라클에는 '청소' 기능이 없다. 가상 건물은 더러워지지 않으니까. 어느 아바타가 쓰레기를 버린다 해도 일정 시간이 지나면 저절로 사라진다.

차가운 물을 마시려고 냉장고에 다가간

영지는 문득 냉장실이 아닌 냉동실 문을
열었다. 그리고 얼려둔 밥과 냉동 만두 봉지를
헤치고 눈사람을 찾아냈다. 깨끗한 눈으로
만든 눈사람. 소금 알갱이가 잔뜩 박힌
눈사람을.

　원래 크기에서 절반 정도로 작아진
눈사람을 영지는 조심스럽게 냉동실에서
꺼냈다. 영지의 따끈한 손바닥 위에서
눈사람은 기다렸다는 듯이 녹기 시작했다.
눈사람이 녹고, 그렇게 생긴 물에 소금이
녹았다.

　그 소금은 국산 천일염이다. 이전에
원룸에 살던 사람이 싱크대 하부장에 두고 간
천일염 한 봉지를 영지는 이사하고 한참이
지나서야 발견했다. 눈사람을 만든 지 얼마
되지 않은 날에. 뜯지 않은 새것이었다.
영지는 그 봉지를 살펴보다가 제조 일자만

적혀 있고 유통기한이나 소비 기한은 없다는
것을 발견했고, 인터넷 검색을 통해 첨가물이
없는 소금은 세균이 발생하기 어려운
무기물질이라 썩지 않는다는 사실을 알게
되었다. 알게 되었다는 말이 맞을까? 영지는
그 사실을 언젠가 배웠다. 그러니 알고 있기는
했을 것이다. 그럼 모르는 줄 알았다고 해야
맞을까? 알았던 것을 모르고 있었다고 해야
맞을까?

　영지는 초등학교 2학년 여름방학 때
언니와 함께 학교 과학실에서 진행된
어린이과학교실에 참가했다. 초등학교 졸업생
중 방학을 맞아 고향에 온 대학생들이 봉사
활동으로 진행한 수업이었다. 거기서 얼음에
털실 끝을 올려두고 그 위로 소금을 뿌리는
실험을 했었다. 하나, 둘, 셋. 주문을 외듯
숫자를 세고 나서 털실을 천천히 들어 올리면

마법처럼 얼음이 대롱대롱 매달려 올라왔다.
소금에 열을 흡수하는 성질이 있어 그 열
때문에 얼음 표면이 녹았다가 주변의 차가운
온도 때문에 녹은 물이 다시 얼면서 벌어지는
현상이었다. 아이들의 탄성에 대학생
선생님들의 얼굴도 밝아졌다.

　　소금과 얼음 실험은 하나 더 있었다.
동일한 양의 맹물과 소금물에 각각 같은
크기의 얼음 덩어리를 집어넣고 어떤 얼음이
빨리 녹는지 지켜보는 거였다. "자, 어떤
얼음이 더 빨리 녹을까?" 선생님의 질문에
언니가 대답했다. 소금을 뿌리면 얼음이
녹는다고 했으니까, 소금물에 넣은 얼음이
더 빨리 녹을 거라고. 언니는 학년에서 제일
똑똑한 학생이었다. 영지도 얼른 언니를 따라
소금물을 골랐다. 선생님은 그런 자매를
보며 대답 대신 씨익 웃었다. 그리고 맹물에

넣은 얼음이 더 빨리 녹았다. 그 이유는……
뭐였더라?

그때 분명 선생님이 친절하게
설명해주셨겠지만, 그래서 언니는 그 원리를
이해하고 고개를 끄덕였을 테지만, 영지는
실험용 유리 접시에 담긴 소금 알갱이를
몰래 손가락으로 찍어 입안에 넣고 짠맛을
음미하느라 바빴다. 그리고 언니의 실험
노트가 또박또박 채워지는 동안 영지의 실험
노트에는 이런저런 낙서만 늘어났다. 그때
영지는 맷돌을 생각하고 있었다. 도서관에서
빌린 동화책에 그런 이야기가 있었다. 바다
깊은 곳에 가라앉은 맷돌에 대한 이야기.
하염없이 소금이 쏟아져 나오는 맷돌이
가라앉아 있기 때문에 바닷물이 영원히
짜다는 이야기.

어쩌면 그때부터 결정되어 있었던 걸까.

언니는 화학교육과에 가서 화학 선생님이
되고, 영지는 문헌정보학과에 가서 사서가
되는 미래가. 소금과 얼음과 화학과 맷돌……
동화책과 이야기…… 그리고 도서관.

언니는 왜 화학교육과에 갔어?

화학이 좋았어?

그래서 화학을 가르치고 싶었어?

화학 선생님이 되고 싶었어?

그게 언니 꿈이었어?

영지가 물어보면 언니는 뭐라고 대답할까.
넌 세상을 꿈으로 사니? 가끔 냉소적인 면이
있는 언니는 그렇게 되물을지도 모른다.
세상을 어떻게 꿈으로 사니. 사는 건 꿈이
아니라 현실인데.

어쨌거나 영지가 눈사람에게 소금을 심은
것은 순전히 착각에서 비롯한 행동이었다.
영지는 눈사람을 오래오래 얼려두고 싶었다.

소금에 열을 흡수하는 성질이 있다는 사실을 알았다가 모르고서, 털실을 끼운 채로 얼어버린 얼음과 소금물 위에 둥둥 떠 있던 얼음 조각만을 생각하면서. 영지는 천일염을 한 알씩 신중하게 눈사람에게 심었다. 머리에, 가슴에, 눈사람을 조심히 들어 올려 바닥에 닿는 면에도.

그리고 까맣게 잊고 있었다. 바빴으니까. 눈사람의 세계에서는 벌어지지 않는 일들이 영지의 현실에서는 매일같이 일어나니까. 동그라미도서관의 협소한 주차장에서 시비가 붙은 이용자들이 경찰을 부르고, 금연 구역인 옥상 정원에서 몰래 담배를 피운 이용자 때문에 화재경보기가 울리고, 필요한 페이지를 복사하는 대신 찢어가던 이용자가 다른 이용자의 신고로 붙잡히고……. 그러는 동안 눈사람은 소금을 품은 채로 조금씩

녹아갔구나. 그러다 조금은 다시 얼기도
했구나.

맛을 보면 짜겠지. 그렇게 생각하며
영지는 손바닥에 고인 눈사람을 씻어냈다.
수건으로 손의 물기를 닦다가 눈사람을
만든 날 아바타 눈사서를 만들었다는
사실이 떠올라 미러라클에 접속했다.
현실의 도서관과 휴관일이 같은
미러라클 동그라미도서관 안에는 아바타
눈사서뿐이었다. 그래야만 했다. 그런데
아니었다.

[정아 쌤?]

[장서 검색 결과에 '사서 문의'라고 나오는
책은 보존서고에서 보관 중입니다.]

[네?]

[디지털 소장 자료는 관외 반출이
불가합니다.]

이정아가 아니었다. 그건 동그리였다.

미러라클 동그라미도서관의 아바타 사서.

명예 관장 동그리. 동그리의 머리 위에는

공간 관리자를 뜻하는 별 모양 아이콘이

반짝이고 있었다. 영지의 아바타 눈사서

머리 위에서 반짝이는 아이콘과 같은 모양.

그런데 동그리의 별은 조금 흐릿했다. 그러고

보니 동그리도 눈사서보다 조금 흐릿했다.

투명하다고 해야 할까. 마치 유령처럼.

[어떻게 된 거예요?]

[역사 서가는 900번대입니다.]

[정아 쌤.]

[예약 대출을 신청하신 책은 일주일 내로

찾아가셔야 합니다.]

[동그리 님.]

[모두 모이셨으니 오늘의 모임을

시작할까요?]

[왜 돌아왔어요?]

[맞아요. 저도 그 장면이 참 좋았어요.]

[오류예요?]

[이번엔 이걸 하고 그다음엔 또 저걸 하고. 그렇게 오지 않은 날들만 준비하고 싶지 않았어요. 바로 그 순간만 생각하면서 당장 하고 싶은 걸 하고 싶었어요. 이 책의 주인공처럼요.]

❖

"영지 쌤, 그거 아직도 해요?"

"찾아오는…… 이용자가 있어서요."

이정아의 계약이 종료된 뒤 본부에서는 새로운 야간 사서를 뽑는 대신 도서관 운영 시간을 단축하겠다고 공지했다. 동그라미도서관뿐만 아니라 다른 도서관들의 운영 시간도 그 도서관 야간 사서의 계약 기간이 끝날 때에 맞추어 단축되었다. 3월 인사 발령에서 영지는 '사원'에서 '주임'으로 승진했다. 연봉 인상은 없는 승진이었다. 그리고 미러라클 동그라미도서관 운영을 중지하라는 공문이 내려왔다.

"그렇구나. 아직도 사람이 있구나."

영지에게 말을 걸었던 사서가 혼잣말처럼 중얼거리며 멀어졌다. 영지는 "아직도" 하고 따라 중얼거려보았다. 영지가 키보드를 두드리자 모니터 속 눈사서가 말풍선을 띄웠다.

[아직도.]

[분야별 신착 도서는 서가 끝에 별도로 비치되어 있습니다.]

눈사서 옆에 서 있던 동그리의 말풍선이 하나 더 이어졌다.

[매주 월요일은 우리 도서관의 정기 휴관일입니다.]

영지는 책상 위의 탁상 달력을 보았다. '9월'이라는 글자 옆 노란 은행잎에 눈, 코, 입이 그려져 있다. 영지가 그리는 얼굴. 그 웃는 얼굴. 동그리를 닮았다. 아바타를 생성할 때 선택할 수 있는 기본 표정 중 하나인 '스마일'. 이정아가 동그라미도서관을 떠나고 1년 가까운 시간이 흘렀다. 그런데 아직도 동그리는 스마일을 유지한 채로 여기에 남아 있다.

이 '오류'에 대해 영지는 미러라클 운영사에 몇 번이나 문의를 했다. 공간 관리 메뉴의 '모두 내보내기'를 해도 사라지지 않는 이 유령 아바타에 대해서.

처음엔 고객 센터 게시판에 상황을 설명한 글을 올렸는데 며칠 뒤 "그런 오류는 발견되지 않습니다"라는 답변이 달렸다. 스크린숏을 첨부해서 보냈더니 조작된 이미지인지 확인이 필요하다며 관리자의 아바타가 미러라클 동그라미도서관을 찾아왔다. 그런데 관리자 아바타가 도서관 입구에 들어서는 순간 동그리는 홀연히 사라져버렸다. 영지는 졸지에 거짓말쟁이로 몰렸다. "아니, 아실 만한 분이 왜 이런……" 어쩌고 하는 상투적인 타박도 들었다. 억울할 따름이었다.

미러라클 운영사에서는 이정아에게 연락을 해보라고 했다. 당연히 영지도 이정아에게 연락을 해봤다. 정아 쌤, 동그리가 아직도 도서관에 있어요! 그렇게 말하면 어떤 반응이 돌아올지 궁금했다. 하지만 지난 비상연락망에서 찾아낸 이정아의 전화번호는 없는 번호였다. 이메일도 보내봤지만 수신

확인이 되지 않았다.

[동그리 님.]

[결말의 반전에 대해서는 어떻게
생각하세요?]

[잘 지냈어요?]

[그렇죠? 저도 정말 깜짝 놀랐다니까요.]

영지는 여러 실험과 확인 끝에 유령
동그리에 대해 몇 가지를 알게 되었다.

첫째, 유령 동그리는 눈사서 혼자 있을
때만 나타난다. 다른 아바타가 도서관에
들어오면 사라진다.

둘째, '정아 쌤'이라고 부르면 도서관 이용
수칙을 말한다. 혹은 말을 걸지 않아도 아무
때나 도서관 이용 수칙을 말한다.

셋째, '동그리 님'이라고 부르면 예전에
독서 모임에서 했던 말을 한다. 다만 그
내용이 이어지지는 않는 것 같다.

[왜 아직도 여기 있어요?]

[작가가 죽은 지 100년이 넘었는데도 작품이 여전히 독자들의 사랑을 받는다는 게 참 대단하죠.]

운영 중지 공문이 내려온 뒤에도 영지는 눈사서가 되어 미러라클 동그라미도서관으로 출근했다. 다만 현실의 도서관에서 새로이 맡은 업무들 때문에 이전처럼 독서 모임을 운영하거나 이용자들에게 책 추천을 해줄 수는 없었다. 그래도 도서관 운영 시간 동안은 미러라클에 접속해 대출 창구에 눈사서를 앉혀두었다. 그러면 옆자리에 동그리가 와서 앉았다. 4월까지는 미러라클 동그라미도서관을 찾아오는 이용자들이 종종 있었다. 이용자의 아바타가 도서관 입구에 들어서면 동그리는 어느새 연기처럼 사라지고 없었다. 그러다 이용자들이 모두 떠나면 다시 나타났다.

5월 초의 어느 날, 영지는 미러라클 운영사로부터 전화를 받았다. 연말에 미러라클 서비스가 종료될 예정이니 따로 백업하고 싶은 데이터가 있다면 미리 연락을 달라는 내용이었다. 백업이라니? 미러라클 동그라미도서관의 장서는 현실 동그라미도서관의 전자책 데이터를 받아다 쓸 뿐인데 따로 백업할 일이 있나?

"가상 건물 내부에서 활동한 모든 아바타의 모습과 귓속말 모드를 사용하지 않고 공개적으로 표시된 말풍선이 서버에 저장되어 있거든요. CCTV 녹화가 되었다고 생각하시면 될 거예요. 전체를 백업하는 건 용량이 상당해서 무리지만 특정한 날짜와 시간대는 영상으로도 만들어드릴 수 있어요."

"그거…… 개인정보 침해 그런 거

아닌가요?"

"회원 가입 시 이용 약관에 명시되어
동의를 받은 부분입니다." 미러라클 운영사
직원의 목소리에는 흔들림이 없었다. "가상
건물 폐쇄 시에는 모든 데이터가 삭제되는데,
지금 폐쇄하지 않고 운영 중인 곳이
동그라미도서관뿐이어서 따로 안내드리는
거예요. 이 부분도 이용 약관에 명시되어
있습니다. 백업을 원하지 않으시면 서비스
종료일 이전에 공간 관리 메뉴에서 폐쇄
버튼을 눌러주세요."

"서비스 종료일이…… 언제라고 하셨죠?"

전화를 끊은 영지는 12월 달력에 그려진
눈사람에게 파란 볼펜으로 웃는 얼굴을
만들어주면서 눈사서와 동그리를 떠올렸다.
그리고 그날 로그아웃한 뒤로 지금까지
미러라클에 접속하지 않았었다. 그동안

동그리는, 도서관을 떠나지 못하는 유령
사서는, 계속 혼자 남아 있었던 걸까? 어쩌면
눈사서를, 영지를 기다렸을까?

　9월 '독서의 달'에 이어 10월
'문화의 달'까지 관련 행사가 많았다.
동그라미도서관도 연령대별로 독후감 쓰기
대회를 열고, 이용자들끼리 안 읽는 책을
서로 바꾸는 책 교환 장터도 마련했다.
장기 연체자 사면의 날도 만들었다. 도서관
곳곳에 안내문이 붙고, 창구에는 상세 내용을
문의하는 이용자들이 몰렸다. 본부에서
주관하는 북 페스티벌부터 자매결연을 맺은
다른 지역 도서관과 함께하는 교류 행사까지
외근도 잦았다. 행사 후에는 정산이며
보고서며 서류 작업을 하느라 하루하루가
바쁘게 지나갔다. 겨우 숨 돌릴 틈이 났다

싶으니 벌써 11월도 중순이었다. 곧 장서 점검이었다.

"올해는 한 사람 줄어서 더 힘들겠네."

"그러게. 정아 씨가 손이 빨라서 도움이 많이 됐었는데."

영지는 점심을 같이 먹는 사서들의 이야기를 듣다가 갑자기 깨달았다. 이정아는 왜 회식에 한 번도 참석하지 않았나. 회식은 항상 정규직 사서들의 퇴근 시간인 저녁 6시에 맞춰 시작했으니까. 사무실에서 사서들이 간식을 나눠 먹을 때 이정아는 왜 보이지 않았나. 모두가 사무실에서 간식을 먹는 동안 누군가는 대출 창구를 지켜야 했으니까.

"영지 쌤, 벌써 다 먹었어?"

"장서 점검 할 생각하니 영지 쌤도 입맛이 뚝 떨어졌나 보다."

"그러게, 장서 점검 생각하니 나도 갑자기 속이 더부룩하네."

이정아는 동그라미도서관의 직원이었지만 '사서 쌤'은 아니었구나. 손이 빨라서 도움이 되는, 정아 씨. 입맛이 뚝 떨어진 영지 쌤. 영지는 정말 입맛이 뚝 떨어져서 자리에서 일어났다.

"그럼 저는 이만."

언젠가 영지는 퇴근 후에 다시 동그라미도서관으로 돌아간 적이 있다. 마트에서 장을 보고 계산대에 서고 나서야 지갑을 사무실에 두고 왔다는 사실을 깨달았기 때문이었다. 바구니에는 우유 한 팩과 바나나 한 송이, 과자 한 봉지가 전부였다. 평소라면 미련 없이 진열대에 돌려두었을 텐데 그날은 계산대 직원에게

잠시만 기다려달라고 말했다. 금방 다시
오겠다고.

　마트와 도서관은 멀지 않은 거리였다.
영지가 잰걸음으로 도서관에 도착한 시각은
6시 55분. 아직 운영 종료까지 5분이 남아
있었다. 영지는 무인 경비 시스템을 해제하는
번거로운 절차 없이 사무실에 들어갈 수
있어 다행이라고 생각하면서, 도서관으로
들어섰다. 그리고 보았다.

　대출 창구에 앉아 있던 이정아의 얼굴에
떠오른 반가운 기색이 금세 사라지는 것을.
기다리던 사람이라도 있었나. 그 사람이
아니라 실망한 건가. 영지는 놀랐다. 그전에는
이정아가 감정을 드러내는 것을 본 적이
없었기 때문에. 그리고 그 사실을 그제야
깨달은 자신에게.

　"제가 뭘 좀 두고 가서……."

묻지도 않은 말을 변명처럼 하면서 영지는 쭈뼛쭈뼛 사무실로 향했다. 지갑은 책상 위에 있었다. 다른 사서들과 점심을 먹으러 나갈 때 가방에서 꺼냈다가 돌아와서는 다시 넣지 않고 올려둔 것이다. 아니, 그때가 아닌가. 서너 시쯤에 졸음이 몰려와 산책이라도 할 겸 편의점에 다녀올 때였나. 아니면 누군가가 근처 빵집에 다녀온다며 필요한 사람이 있으면 대신 사다주겠다고 했을 때…… 아무렴 어떤가. 영지는 지갑을 챙겨 사무실 밖으로 나왔다.

이정아는 대출 창구 앞에 선 사람과 대화하고 있었다. 영지는 뒷모습만 보고서도 그 사람이 누구인지 알아봤다. 사서들 사이에서 악명이 자자한 이용자였다. 매일 도서관에 출석하다시피 찾아와서는 책은 읽지 않고 사서들에게 이런저런 질문만 한다는 사람. 신청하지도 않은 프로그램에 나타나서 훼방을 놓고, 다른 이용자들이 읽는 책에 훈수를 둔다는 사람. 영지가 직접 겪은 일은 아니었지만 그런 것처럼 느껴져 마주치면 피했던 사람. 언제부턴가 보이지 않는다 싶었는데 다시 나타난 건가.

영지는 일부러 걸음을 늦춰 걸었다. 혹시라도 이정아가 곤란한 기색을 보이면 도와줘야겠다고 마음먹었다. 친절하면서도 단호하게, 저지하리라. 심장이 빠르게 뛰었다.

"동그리 님 말이 맞았어요. 그 책 정말 재미있던데요. 딱 제가 찾던 책이에요."

"그렇죠? 역시 좋아하실 줄 알았어요."

이정아의 목소리가 저렇게 명랑했던가. 영지는 묵례를 하며 대출 창구를 지나쳤다. 이정아가 눈짓으로 인사를 했던 것 같기도 하고, 자신에게는 눈길조차 주지 않았던 것

같기도 했다. 마트로 돌아가 값을 계산한 뒤
우유와 바나나, 과자를 품에 안고 집으로
향하는데 전화가 걸려왔다. 언니였다.

"뭐 해? 퇴근했어?"

"그럼. 아까 했지. 마트 다녀오는 중이야.
언니는?"

"나도."

영지는 그 짧은 몇 마디의 말로도 언니의
기분을 읽어낼 수 있었다.

"무슨 일 있어?"

"아니, 별일은 없는데……."

가만히 기다리자 언니가 이어서 말했다.
아침에 주차장에서 작은 접촉 사고가
있었다고.

"괜찮아? 다친 데는 없고?"

"그럴 정도도 아니야."

언니가 고개를 젓는 모습이 보이는

듯했다. 영지는 집으로 향하던 발걸음을 돌려 동네를 한 바퀴 돌기로 했다.

"어쩌다가 그랬는데?"

언니는 출근할 때 버스를 이용했고, 차는 직장으로 가는 대중교통이 마땅치 않은 형부가 주로 썼다. 출근길에 엘리베이터 버튼을 무심코 잘못 눌러 지하 주차장에 도착한 언니는 마침 가방에 여분의 차 키가 들어 있다는 것을 깨달았다. 출입문에서 먼 곳에 주차되어 있던 차를 형부가 타기 편하게 가까운 곳으로 옮겨두려다가 주차되어 있던 다른 차와 스치고 만 것이다.

"설마 형부가 뭐라고 해?"

"아니, 그런 말 안 하지."

"보험 처리했어?"

"응, 사진 몇 장 찍어 보내니까 바로 접수되더라. 그래서 나 지각도 안 했잖아."

"그러면 괜찮네. 액땜했다고 생각하고
잊어버려."

"그러게, 괜찮은데…… 잘 잊히지 않네."

언니는 자꾸 생각이 난다고 했다. 그렇게
되지 않았을 수 있었을, 다른 가능성에
대한 생각. 엘리베이터 버튼을 잘못 누르지
않았더라면, 가방 안에 있는 차 키를 떠올리지
않았더라면, 전날 야근을 하고 돌아온 형부의
피로한 얼굴이 마음에 걸리지 않았더라면…….

"내가 괜히 안 하던 짓을 했어."

전화를 끊고 집으로 향하는 길에 영지는
언니를 위로하기 위해 자신이 한 말을 다시
곱씹었다. 언니는 좋은 뜻으로 한 일이잖아.
괜히 한 일이 아니잖아. 그때 할 수 있고
하고 싶은 일을 한 거잖아. 그거랑 사고는
별개야. 어떤 선택을 했다고 해서 뒤따라오는
결과까지 결정할 수 있는 건 아니잖아. 영지의

말에 언니는 킥킥 웃었다. 내 동생 다 컸네,
어른이네, 하면서.

　　이정아가 마지막 퇴근을 하고 며칠
뒤, 그 이용자가 도서관을 찾아왔다.
현실의 동그라미도서관이 아닌 미러라클
동그라미도서관을. 아바타인데도 영지는 그를
알아봤다. 사서들에게 악명 높은 이용자, 다른
이용자들에게 폐를 끼치는 이용자, 영지도
피했던 이용자, 이정아에게 책을 추천받고
기뻐하던 이용자를.
　　[동그리 님은 이제 안 오시나요?]
　　[잘 모르겠어요.]
　　이정아는 더 이상 동그라미도서관의
사서가 아니지만, 그렇다고 해서
동그라미도서관에 올 수 없는 건 아니니까.
동그리는 이제 미러라클 동그라미도서관의

명예 관장이 아니지만, 그래도 아바타가
사라지는 건 아니니까. 하지만 영지는
어렴풋이, 이정아도 동그리도 다시 볼 수 없을
거라고 생각했다. 만약 자신이 이정아라면
다시는 돌아오고 싶지 않을 것 같았다.
유령처럼 나타나리라고는 더더욱 생각도 못
했다.

　　12월 첫 번째 월요일. 원래라면
휴관일이라 텅 비었을 동그라미도서관에
전 직원이 모였다. 관장을 포함한 여덟
명의 사서와 시설 관리를 담당하는 본부
소속의 직원 두 명까지, 열 명이 각자가 맡은
구역으로 일사분란하게 움직였다. 영지는
한 손에는 리더기를 들고, 다른 손으로는

노트북이 실린 카트를 끌며 엘리베이터에
올랐다.

　2층 종합자료실 800번대 문학 서가가
영지의 담당 구역이었다. 문학 서가는
복본이 많아서 특히 비치 상태 점검이
중요한 서가였다. 작년엔 이정아가 맡았던
구역이었다. 영지는 알지 못했지만, 이정아가
든 리더기에서 오류를 알리는 알림음이 울릴
때 달려간 사서는 영지뿐이었다.

　"813을 고쳐야 해요."

　같은 자리에 세 번쯤 영지가 달려갔을 때,
이정아가 미간을 찡그리며 말했다. 영지가
처음으로 듣는 이정아의 또렷한 목소리였다.

　"한국문학 소설. 813. 하위분류를 출간
연도로 나누잖아요. 고려시대, 조선시대까진
구분이 되는데 20세기와 21세기는 구분이
애매해요. 살아 있는 작가들이 계속 책을

내니까 같은 작가 책인데도 어떤 책은 20세기라고 813.6에 있고 어떤 책은 21세기라고 813.7에 있고. 이용자들이 불편하고 혼란스럽잖아요."

이정아가 그렇게 길게 말하는 것도 영지는 처음 보았다. 자신을 빤히 바라보는 영지의 시선을 느낀 이정아가 머쓱해하며 평소 같은 나지막한 목소리로 덧붙였다.

"제가…… 문헌목록법 과목을 좋아해요."

띵. 경쾌한 소리와 함께 엘리베이터 문이 열렸다. 저마다 맡은 서가에서 리더기 안테나를 책 사이에 꽂는 사서들을 스쳐 지나며 영지는 빠른 걸음으로 800번 서가로 향했다. 먼저 도착한 본부 직원들이 813으로 분류된 책들을 전부 서가에서 뽑아 카트에 담고 있었다. 이번 장서 점검 이후로 동그라미도서관은 관장 직권으로 분류 기호

813의 하위분류 6과 7을 없앨 예정이다.
조선시대 이후에 출간된 모든 한국소설은
813으로만 분류하고 작가별로 배가한다.
영지의 건의를 받아들이는 대신 기존 장서에
새로이 분류기호를 부여하고 책을 정리하는
일을 영지 혼자 맡는 조건이었다.

"영지 쌤은 참 사서 고생하는 스타일이네."

누군가 영지의 뒤통수에 대고 툭 던진
말이었다. 사서 고생. 자신의 상황이 정말 그
말 그대로라서 영지는 피식 웃음이 났다.

"《동그라미도서관의 비밀》? 이게 뭐야?"

그 책은 813.7로 분류된 책들 사이에서
발견되었다. 책을 뽑던 본부 직원이
어리둥절한 얼굴로 책을 살펴보았다. 표지에
바코드도, 책등에 청구기호도, 책 안쪽에
태그도 붙어 있지 않았다. 작가의 이름도
출판사도 적혀 있지 않았다. 하지만 분명

책이었다.

"그 책, 제가 알아요!"

장서 점검이 시작되기 전 영지는
이정아가 미러라클 동그라미도서관에서
진행했던 마지막 독서 모임 시간의 데이터를
미러라클 운영사에 요청했다. 영상은 하루도
지나지 않아 메일로 도착했다.

[오늘 독서 모임은 특별한 주제로 진행할
거예요. 바로 세상에 존재하지 않는 가상의
책을 읽는 가상 독서 모임입니다. 메타버스의
가상 건물 도서관에서 가상 책을 읽는
모임이라니 정말 멋지죠?]

동그리가 독서 모임 참가자들에게 가상
독서 모임의 규칙을 소개한다. 일본의 한
서점에서 시작된 '가공독서회'를 모티브로
세상에 존재하지 않는 책을 주제로 대화를

나누는 방식이었다. 진행자가 참가자들에게
"모두 이 책 읽어오셨죠?"라고 말하며
존재하지 않는 책의 제목을 말하면, 모두가
"네"라고 대답한다. 그리고 그 순간부터
참가자들은 그 책이 정말 존재하며 자신이
읽었다고 믿으면서 서로의 감상을 나누는
것이다.

[여러분, 모두 이 책 읽어오셨죠?
《동그라미도서관의 비밀》말이에요.]

영지는 그동안 유령 아바타가 되어버린
동그리가 했던 말들이 바로 이 가상의 책
《동그라미도서관의 비밀》에 대한 감상이라는
것을 깨달았다.

책을 펼치자 손으로 적은 글자들이
보였다. 영지는 그것이 이정아의 필체인지
확신할 수 없었다. 하지만 그렇게 믿고

싶었다. 이정아가 직접 쓴 책을 읽고 있다고.

"세상에 없는 책이라더니, 정아 쌤
거짓말했네요. 여기 있잖아요."

자정에 이뤄질 미러라클 서비스 종료를
기다리는 깊은 밤, 영지는 어두운 도서관에
유령 사서와 함께 있었다.

[정아 쌤.]

[도서관에서는 정숙해주시기 바랍니다.]

[왜 동그리를 내보낼 수 없었는지
알았어요.]

[아직 다 못 읽으셨다고요?]

책을 읽고 있는 사람을 강제로 내보낼
수는 없으니까. 그게 우리 도서관의
규칙이니까. 혹시 그 책이 세상에 없는
책이라도, 우리는 그 책이 있다고 믿기로
했으니까.

[정아 쌤. 제가 813번 분류 방식 고쳤어요.

잘했죠?]

[열람실은 다른 이용자와 함께하는
공간입니다.]

[동그리 님. 잘 지내요?]

[네, 좋아요.]

'지금까지 미러라클을 이용해주셔서
감사합니다.' 안내 창과 함께 모든 것이
사라졌다. 영지는 미러라클이 강제로 종료된
까만 빈 화면을 물끄러미 바라보았다. 그리고
그곳에 비치는 자신의 얼굴을 웃는 얼굴로
만들었다. 스마일.

작가의 말

중학교 2학년 때였나. 도서부였던 나는
부원들 몇 명과 함께 버스를 타고 어느
오래된 도서관에 도착했다. 그곳에는 여러
중고등학교 도서부원들이 모여 있었다. 그
도서관의 장서를 '디지털화'하는 '봉사 활동'을
하기 위해서.

다른 학교 애들이 마스크를 쓰고
목장갑을 끼고 책을 나르는 동안 우리 학교
도서부원들은 컴퓨터 앞에 앉았다. 우린 서지
정보 프로그램에 책을 등록해본 적이 있는,

책에 바코드를 부착해 대출 이력을 관리하는
디지털 도서관 시범 사업 선정 학교의
도서부원들이었으니까.

그때, 2000년대 초의 디지털 도서관이란
그런 뜻이었다. 책 맨 뒷장에 종이봉투를 붙여
대출과 반납 내역이 수기로 적힌 대출 카드를
끼우는 것이 아니라 책 표지에 붙은 바코드
스티커를 리더기로 찍으면 삑 소리와 함께
대출 혹은 반납이 되는.

2025년의 나는 아바타 사서가 근무하는
메타버스 도서관을 알고 있다. 그야말로
디지털 도서관이다. (오히려 이제는
디지털이라는 말이 아날로그적으로 느껴지긴
하지만.)

이 소설에서는 내가 늘 골몰하는 질문 중
하나를 사서라는 직업을 통해 들여다보았다.
왜 어떤 사람들은 '굳이' 어떤 일을 할까. 애를

쓰지만 티는 안 나고, 누가 알아주기보다는
알고 싶어 하지도 않고, 힘은 무척 들면서
보상은 적거나 아예 없는 일들을. 이를테면
생의 마지막 날에 한 그루 사과나무를 심는
것과 같은 일을. "너는 왜 사서 고생을 하니?"
같은 말이나 듣는 일을 선택하고야 마는 걸까.

그리고 그런 선택을 했다면, 그 이후의
모든 결과도 기꺼이 감당해야만 하는 걸까.

처음 구상할 때 이 소설은 멸망하는
세상에 마지막으로 남은 도서관과 그
도서관을 지키는 사서, 그리고 그 사서를
지키는 한 명의 독자에 대한 이야기였다.
도서관과 책과 사람이 서로를 지켜주는
이야기. 소설 쓰기가 으레 그러하듯이 막상
쓰다 보니 구상과는 꽤나 다른 이야기가
되었는데, 곰곰 생각해보면 크게 다르지 않은
것 같기도 하다.

우리는 만났기 때문에 헤어질 것이다.

살아가기 때문에 사라질 수밖에 없는 것처럼.

하지만 헤어진다고 해서 만났던 사실이 없던

일이 되지 않는 것처럼, 우리에게 일어난

일들이 우리를 바꾸기 때문에 어쩌면 누구도

사라지지 않는다. 사라지는 것을 지키는 일은

때로 그저 살아가는 것뿐이기도 해서. 그러니

고생스럽더라도,

도서관이 영원했으면 좋겠다.

도서관이 필요한 사람이 언제든 반드시

있을 것이므로.

나에게 도서관이 되어준 이들에게 감사하며

2025년 1월, 눈 예보를 들은 날

조우리

조우리 작가 인터뷰

Q. 먼저 가벼운 질문으로 시작하고 싶습니다. 《사서 고생》은 동그라미도서관 장서 점검을 앞둔 어느 날 '영지'의 이야기에서 출발합니다. 장서 점검은 책이 있어야 할 곳에 잘 있는지 확인하고 "파손되거나 오염된 책, 몇 년간 대출이 없는 책도 골라내야"(12쪽) 하는 작업이지요. 장서 점검을 준비하며 영지는 학교 다니던 때의 기억을 떠올려요. 선배가 사서 교사로 일하는 고등학교가 폐교되어 그곳 도서관에 있는 책들을 분류하는 일을 도우러 갔었죠. 교수님은 영지에게 이렇게 말합니다. "자네가 가서 살려야 할 책을 같이 살펴주게." 살려야 할 책, 그 말은 영지에게 "낭만적으로 들렸"고요.(13~14쪽)

저는 이 부분을 읽으며 문득 다른 책들의 안부도 궁금해졌어요. 살려야 할 책이 있다면 죽게 내버려둬야 하는 책도 있는 건지, 어떤 책을 살리고 어떤 책을 살리지 못하는지요. 도서관만큼 책을 많이 갖고 있지는 않지만, 저도 얼마 전에 회사 서가를 정리하며 많은 책들을 살려내지 못했는데요. 작가님은 어떤 기준으로 장서 점검을 하시는지 궁금합니다. 번번이 살아남고야 마는 책들이 있는지도요. 그런 책들을 잠깐 소개해주실 수 있을까요?

A. 직접 설계한 집의 지하에 도서관을 만들었다는 어느 작가와 같은 삶을 늘 꿈꾸지만, 현실이 녹록하지 않기 때문에 매년 연말 즈음 연례행사로 장서 점검을 하곤 합니다. 어떤 책을 살릴 것인가. 비장하게 준비를 하죠. 우선 책장에 꽂아둔 책을 전부 뽑아서 바닥에 쌓습니다. 손목과 허리의 통증을 느끼면서 스스로의 욕심에 참회하는

시간을 가진 뒤 나름대로 기준을 세워봅니다.
올해 한 번도 펼쳐보지 않은 책은 정리하자.
사놓고 한 번도 읽지 않은 책도 보내주자.
하지만 실상은 그저 자리 바꾸기에 그칠
때가 대부분입니다. 올해는 좀 야박하니까
최근 3년으로 할까. 원래 책은 사놓은 책
중에 골라서 읽는 거잖아. 이런 식으로 자기
자신과의 협상은 늘 원만하게 마무리되는
편이고요. 그다음엔 책을 한 권씩 노려봅니다.
책의 부피를 가늠해보는 거죠. 판형이라고
하는, 책의 높이와 너비와 두께 등을요.
그리고 여러 경우의수를 떠올립니다. 어떻게
하면 한정적인 공간에 최대한 많은 책을 꺼내
보기 쉽게 정리할 수 있을까를 매년 실험하고
있다고나 할까요. 눕혀 쌓기도 하고 이중으로
꽂기도 하며 최선을 다하고 있습니다. 단숨에
끝내지는 못하고, 일주일에서 한 달 정도

걸리는 편입니다. 먼지도 털어주고, 꽂아둔 책갈피도 갈무리하고, 다 읽은 줄 알았는데 아니었던 몇 페이지를 마저 읽기도 하면서요. 그러다 보면 신기하게도 또 새 책을 꽂을 자리가 나기는 하더라고요. 뜻이 있는 곳에 길이 있기에……

하지만 언제까지나 3차원과 4차원 사이에서 기적이 일어나기만을 바랄 수는 없다는 걸 알기 때문에 종종 책장을 훑어보며 고민합니다. 머릿속에는 새로 구매하고 싶은 책의 목록이 있고, 눈앞에는 이미 구매한 책들의 책등이 줄지어 펼쳐져 있죠. 그 가치를 서로 비교할 수 있는가 하면, 그럴 수 없다는 답이 나와요. 책들의 상대적 가치를 매기는 일은 불가능하니 나에게 절대적인 가치에 대해서 생각하게 됩니다. 가령 책장에서 가장 오래된 책은 계몽사에서 1997년에 출간한

〈소년소녀세계문학전집〉입니다. 전 70권이고, 양장이죠. 당연하게도 어마무시한 부피를 차지하고 있습니다. 저는 이 전집을 1년에 한 번도 들춰보지 않아요. 그런데도 버릴 수가 없습니다. 창문가 책상에 앉아서 해가 질 때까지 《소공녀》와 《십오 소년 표류기》를 읽던 기억이, 《돌리틀 선생님 이야기》, 《닐스의 이상한 여행》 속 주인공들을 만나고 싶었던 어느 날이 그 책들을 보면 생생하게 떠오르기 때문입니다. 그저 그 책들을 가지고 있다는 사실만으로도 마음이 충만해져요. 같은 맥락으로 한창 감성이 촉촉하던 청소년 시절에 좋아했던 만화책들도 누렇게 낡은 채로 간직하고 있는데요. 박은아의 《불면증》, 심혜진의 《거짓말》, 미도리카와 유키의 《붉게 피는 소리》, 요시나가 후미의 《사랑해야 하는 딸들》이 언제나 책장 만화 코너의 가장 좋은 자리를 차지하고 있습니다.

　이 글을 쓰는 중간중간 자연스럽게
시선을 옮겨 책장을 살피게 되는데요. 가장
커다란 영역을 형성한 한국문학 코너의
경우에는, 대부분이 저자 서명본이에요.
흠모하는 작가님들의 북 토크를 부지런히
찾아다니며 서명을 받았고요, 감사하게도
선물받은 서명본도 있습니다. 이 책들은
저의 보물이죠. 아무래도 더 열심히 일해서
책꽂이를 늘릴 수 있는 집으로 이사를 가는
수밖에 없겠습니다. 존경하는 작가들에게
책을 선물받고 동료로 불릴 수 있다니,
이 얼마나 황홀한 일인가요. 작가 되길
잘했습니다.

Q. 정규직 사서인 영지의 출근 첫날,
기간제 야간 사서인 '정아'는 계약 연장
불가 통보를 받습니다. 이후 첫눈이 내리던
날 영지는 정아가 맡고 있던 미러라클
동그라미도서관의 명예 관장직을 이어받아야
한다는 소식을 알게 되죠. 인수인계를 받는
영지에게 정아는 이렇게 묻습니다. "영지 씨는
왜 문헌정보학과에 갔어요?" 영지가 "사서가
되려고 갔죠"라고 대답하니, 정아는 "영지
씨는 어떻게 알았어요? 자기가 뭐가 되고
싶은지"라는 말을 돌려줘요.(33쪽)

영지는 사서가 되고 싶어서
문헌정보학과에 간 것이 아니라고
하지만, 정아는 분명히 사서가 되기 위해
사서교육원에 다녔습니다. 독자 역시 영지와
마찬가지로 정아에 대해서는 "없는 자리에서
다른 사서들이 하는 이야기를 주워"들은(36쪽)

것 말고는 알 수 없지만, 정아의 목소리가
명랑해지고 눈이 빛나는 순간을 보며
도서관에서 책과 사람을 만나고 싶었구나
짐작은 할 수 있지요.

대부분의 사람은 영지 또는 전문대학에서
러시아어를 전공한 정아와 같은 선택을 하게
되는 것 같아요. 한창 입시를 준비하고 있는
청소년에게 평생 먹고살 길을 정하는 건
무척 어려운 일이잖아요. 대체로는 영지처럼
성적에 맞추어 그럴싸한 '꿈'을 둘러대곤
하죠. 작가님께도 정아의 질문을 돌려드리고
싶습니다. 작가님은 왜 소설가가 되셨나요?
어떻게 아셨어요? 작가님이 소설가가 되고
싶은지를요.

A. 자주 받은 질문인데, 매번 조금씩
다르게 대답하게 되네요. 지나간 마음에

대해 이야기하는 건 어쩔 수 없이 훼손되고 해석되게 마련이니, 소설 속 주인공에게 찾아오는 것 같은 결정적 순간은 없었거나 모든 순간에서 결정의 이유를 찾을 수 있는 거겠죠. 아무튼, 지금의 대답은 이렇습니다. 기억하는 가장 어린 시절부터 말 걸기를 좋아하는 아이였어요. 주변의 모든 일을 궁금해하고 참견하고 싶었고요. 어른들의 흉내를 내어 말하면 반응이 돌아오는 것이 재미있었죠. 그러다 보니 더 많은 사람들에게, 더 넓은 세상을 향해 말을 걸고 싶었던 것 같아요. 말하기보다 글을 쓰면 더 멀리, 더 오래 전달된다는 걸 책을 읽으면서 깨달았고요. 내가 읽고 있는 책을 쓴 작가는 아주 먼 나라에 사는데도, 혹은 아주 예전에 죽은 사람인데도 나와 연결되었구나. 그런 생각을 한 순간이 있었어요. 그게 참 멋지고 부러웠어요. 나도 쓰고 싶다. 그리고 누군가 내가 쓴 글을 읽었으면 좋겠다고 생각했어요. 그 누군가는 내가 모르는, 또 나를 모르는 사람이었으면 싶었고요.

초등학생 때는 '글짓기'라고 이름이 붙은 대회엔 항상 반 대표로 나가곤 했어요. 환경보호, 호국보훈, 과학 상상, 통일 염원, 불조심, 농촌 살리기…… 별별 주제의 대회들이 많았는데요. 대회에 나가서 상을 타고 칭찬받는 게 좋았어요. 학년이 바뀌어 만나는 새 담임 선생님도 당연히 저에게 출전을 권유하시는 것도 괜히 으쓱해지는 일이었고요. 하다 보니 점점 더 잘하고 싶어졌죠. 지금 떠올려보면, 제가 특별히 잘해서라기보다는 다른 아이들이 저만큼 글쓰기를 흥미롭게 생각하지 않았던 것 같아요. 그때까진 소설가가 아니라 기자가

되고 싶었어요. 한 신문사에서 어린이
기자단으로 활동하기도 했고요. 그러다가
PC통신 게시판에 아이돌 팬픽을 쓰게
됐는데…… 댓글이 많이 달렸어요. 제가 좀 잘
쓰는 것 같더라고요. 그러니까 신이 나서 또
쓰고 싶어졌죠.

중학생 때는 판타지 소설을 좋아했습니다.
이경영의 《가즈나이트》, 전민희의 《세월의
돌》, 이영도의 《드래곤 라자》 같은 명작들이
출간되던 때거든요. 팬픽이 아닌 창작
판타지 소설을 써서 판매전에 나가기도
했답니다. 지금 생각하면 참 용감했네요.
꽤 거금을 들여서 을지로 인쇄소에서
출력을 하고, 여의도의 행사장에 가서 책을
팔았어요. 나름대로 판권면도 만들었는데,
거기에 감상을 보내달라고 이메일 주소를
남겼었어요. 실제로 메일을 받고 너무

감격했던 기억이 나요. 와, 이 기분은
다른 일로는 절대 느낄 수 없는 거구나.
유일무이하고 강렬하다. 내가 쓴 소설을, 내
머릿속에만 있던 세계의 이야기를 누군가가
읽고 그 사람이 알게 된다는 게 놀랍고
황홀했어요.

　　작가가 되겠다는 말에 주변 어른들은
대부분 '멋지다'고 해주셨어요. 가끔
독자분들과 만나는 자리에서 작가가 되고
싶은데 주변에서 반대한다는 이야기를
들으면 낯설게 느껴져요. 그리고 새삼
내가 운이 좋았구나 생각합니다. 아니면
시대가 달라진 걸까요. 작가가 멋지지
않아졌을까요. 그렇다면 저도 조금 반성을
해야 하지 않나 싶기도 하네요. 어쨌거나,
저의 중학교 국어 선생님께서는 작가가 되고
싶은 사람들은 대학의 문예창작학과에 가서

문학을 배운다고 알려주셨는데, 저는 성격이 급해서 대학 때까지 기다리고 싶지 않았어요. 예술고등학교 문예창작학과 입학시험을 보러 갔죠. "소설가가 되고 싶니?" 이 글을 쓰면서 떠올랐어요. 면접에서 그 질문을 받았던 순간이요. 제 왼쪽으로 창문이 있었는데, 빛이 기울어지며 들어오고 있었어요. 저는 "네"라고 대답했죠. 물론 그때는 몰랐어요. 그 뒤로 10년 가까이 수많은 공모전에서 낙방하고 좌절하게 될 거라는 걸. 그리고 데뷔하고 작품을 발표한 이후로도 여러 괴로움들이 끊이지 않으리란 걸. 그럼에도 소설을 써서 기쁜 순간이 더 많고, 다른 무엇으로도 대체할 수 없다는 걸. 그 모든 걸 모르면서도 소설가가 되고 싶었네요.

Q. 이번 질문은 '명랑하게' 던져보려고 합니다. 이 소설에서 가장 빛났던 장면은 "사서들 사이에서 악명이 자자한 이용자"와 정아가 대화하는 장면이 아닐까 싶었어요. 정아가 혹시라도 곤경에 처할까 봐 전투 태세를 갖추고 다가간 영지에게 뜻밖의 대화가 들려옵니다. "동그리 님 말이 맞았어요. 그 책 정말 재미있던데요. 딱 제가 찾던 책이에요." 그러자 정아는 명랑한 목소리로 "그렇죠? 역시 좋아하실 줄 알았어요"라고 대답해요.(62쪽)

누군가의 얼굴에 반가운 기색이 서리는 순간, 눈빛이 빛나고 목소리가 한층 높아지는 모습을 보면 그 즐거움이 옮겨오듯 덩달아 가슴이 두근거리게 되어요. 작가님은 어떤 때 목소리가 명랑해지나요? 오랫동안 소설을 써오면서 스스로도 환해졌다고 느낀 순간이

있었는지 듣고 싶어요. 혹은 그런 장면을
목격하셨는지도요.

A. 동료들에게 우스갯소리로 자주 하는
얘기가 소설 쓰기의 모든 과정 중에 제일
행복한 순간은 '아직 쓰지 않았을 때'라는
말이에요. 써야 하는데, 쓰긴 쓸 건데, 아직
쓰지는 않은 상태로 머릿속에 굴리고만
있을 때. 어떤 문장이 떠오르고, 그다음엔
또 다른 어떤 문장을 붙여볼까 궁리하면서
장면의 여기저기를 꾸미는 건 재미있는
놀이처럼 느껴지거든요. 책상에 앉아서 텅
빈 화면을 마주하면 한숨부터 나올지라도
말이죠. 어쩌면 그 과정을 더 오래 즐기고
싶어서 선뜻 첫 문장을 쓰지 못하는 것 같기도
해요. 그러다가 어느 날 누군가가 "다음
소설은 어떤 이야기예요?"라고 물어오면

가슴이 두근거립니다. 불안과 설렘을 동시에 느끼면서요. 아직 나 혼자서만 알고 있는 세상을 누군가가 기다리고 있다는 사실이 기쁘면서도 실망시키게 될까 봐 두렵죠. 그래서 괜히 더 잘되고 있는 척을 해요. 스토리는 다 구상이 끝났고요, 어려울 것 없이 쓰고 있습니다, 그렇게 허세를 부려요. 사실은 한 글자도 쓰지 않았거나 몇십 페이지를 썼다가 지운 뒤지만 자기최면을 거는 거죠. 내가 하는 말이 진짜라고. "와, 재미있겠다. 얼른 읽고 싶어요." 그런 말을 들으면 신이 나서 스스로도 아직 몰랐던 인물이나 사건, 설정에 대해서 떠들 때도 있어요. 그러고 나면 이젠 진짜일 수밖에 없어지니까, 써야죠. 어쩌면 저는 그렇게 매번 가짜를 진짜로 만들면서 써왔는지도 모르겠네요.

Q. 좋아하는 일을 좋아서 한다고 말하는 게 조금 부끄러워진 세상이 된 것 같습니다. "누가 칼 들고 협박함?"이라는 말도 있잖아요. 아무도 칼 들고 협박하지는 않았지만, 하고 싶은 일을 하는 게 잘못은 아니잖아, 하고 항변하고 싶던 찰나 이 소설을 읽을 수 있어서 큰 위안이 되었어요.

영지도 "그저 서울에 있는 대학에 가고 싶었다고. 합격 가능성이 있는 대학과 학과를 먼저 추린 다음 그중에 부모님이 듣기에 그럴싸한 '꿈'을 고른 것뿐이라고"(34쪽), 그게 진실이라고 생각하지만, 사실 영지에게도 정아와 같은 책을 좋아하는 마음, 책과 사람을 만나고 싶은 마음이 숨어 있지 않았을까요? 대학 졸업을 앞두고 진로를 고민하던 때, '살려야 할 책'이라는 말을 낭만으로 낚아챌 줄 아는 사람이었으니까요. 그리고 숨어 있던 그런 마음을 발견하게 해준 것은 정아였고요.

〈작가의 말〉에서 말씀하셨듯 좋아하는 일을 하며 살겠다고 해서 "그 이후의 모든 결과도 기꺼이 감당해야만 하는"(77쪽) 것은 아닐 겁니다. 사서 고생을 하려고 이 일을 하는 게 아니라 그저 이 일이 좋아서 하는 거라고, 이 일을 좀 더 즐겁게 할 수 있길 바란다고 말하는 소설처럼 느껴졌어요. "이번엔 이걸 하고 그다음엔 또 저걸 하고. 그렇게 오지 않은 날들만 준비하고 싶지 않았어요. 바로 그 순간만 생각하면서 당장 하고 싶은 걸 하고 싶었어요"(49쪽)라는 정아의 말처럼요.

소설(혹은 글)을 쓴다는 것도 자주 그런 식으로 이야기되곤 하는 듯해요. 좋아서 하는 일이니 이후에 벌어지는 모든 결과를 기껍게 받아들이라는 식으로요. 독자들 또한 각각 자신의 상황을 떠올리며 읽었을 것 같아요.
지금 하고 있는 일이 좋아서 하는 일인지,
좋아서 하는 일이라고 해서 참거나 견디고
있는 건 아닌지, 그리고 대학을 졸업하던
무렵 영지처럼 좋아하는 일을 선택해도 될지
고민하는 분도 있겠어요. 작가님은 소설을
쓰기로 마음먹은 후, 이 일을 하길 잘했다고
생각하시는지, 부침이 있을 때는 어떻게
마음을 다시 다잡으셨는지 궁금합니다. 같은
고민의 한가운데에 있을 독자들에게 전하고
싶은 말씀도 들려주세요.

　A. 우선 '누가 칼 들고 협박함?'이라는,
소위 '누칼협'이라는 밈은 볼 때마다
너무 끔찍하네요. 타인을 향한 질문의
형태라는 점에서 특히 그렇습니다. 죽음을
각오하고서라도 의지를 굽히지 않는

이들에게 '목에 칼이 들어와도'라는 표현을
쓴다는 걸 생각해보면, 더더욱 다른 사람의
행동을 폭력적으로 판단하는 무례와 오만이
잔인하게 느껴집니다. 우리는 가끔 내가 왜
그렇게 행동하는지 이유를 떠올리기도 전에,
또는 도무지 이유를 댈 수 없는데도 몸이
움직이는 경험을 하곤 하잖아요. 이익을
얻지 못하거나 오히려 손해를 입으리라는
것을 분명히 알면서도 어떤 선택을 할 때도
있고요. 머리로는 납득하지 못하는데도
몸을 움직여버리는 힘이 저는 마음이라고
생각해요. 감정일 수도, 양심일 수도, 의지일
수도 있는 것이요.

어쩌면 《사서 고생》의 영지가 스스로도
완벽하게 이해되지 않을 자신의 선택에 대해
머리로 찾은 답이 "그럴싸한 '꿈'을 고른
것뿐"일지도 모릅니다. 영지를 움직이게 한

마음은 그 말로는 다 설명되지 않는 복잡한 무엇이었을 테니까요. 시시각각 바뀌는 마음의 모양을 원하는 때를 골라 알 수 있으면 얼마나 좋을까요. 그런데 누구에게든 그건 쉽지 않은 일이죠. 마구 흔든 스노볼처럼, 영지의 세상에서 마음의 조각들이 흩날리다가 시간이 지날수록 자리를 찾아 쌓이면서 하나의 풍경을 만들어나가는 과정을 그려보고 싶었습니다. 그 풍경 속에 동그라미도서관과 정아가 있었고요. 영지가 이제 막 자신의 스노볼을 처음으로 흔들어본 인물이라면, 정아는 몇 번쯤 흔들고 가라앉는 시간을 보낸 인물이라고 할 수 있겠죠. 자신이 원하는 풍경을 만나기 위해서 썩 나쁘지 않은 모습의 스노볼을 다시 흔들 용기가 있는 사람인데요, 그런 용기가 영지의 안에도 있고 두 사람이 서로의 용기를 알아보는 이야기를 쓰려

했습니다.

　소설을 쓰는 일도 가끔은 그렇게 느껴집니다. 가만히 놓여 있는 스노볼을 집어 들고 마구 흔드는 일. 눈 쌓인 평온한 풍경을 뒤집어 다시금 눈이 날리게 하는 일. 새로이 쌓인 눈은, 어쩌면 전보다 못한 풍경을 만들지도 모르지만 그래도 눈이 날리는 모습을 보고 싶어서 저질러버리는 일. 몇 번이고 다시, 하고야 마는 일. 그렇게 일어나버리는 일. 일어나기 전과는 분명 달라지게 되는 일. 스노볼 밖의 세상에는 아무런 영향을 미치지 못하는 것처럼 보이지만 그 안에서는 모든 것이 바뀌는 일. 우리의 모든 선택이 그렇듯이. 요즘은 그런 생각을 자주 합니다. 내가 쓴 소설이 독자에게 어떤 의미를 가지게 될지 나는 결코 알 수 없다. 다만 나는 한 편의 소설을 쓰면서, 그 소설을 쓰지 않았던 나와는 분명히 달라진다. 그러니 내가 읽고 싶은, 써야 하는 소설을 쓰자고. 우리 모두는 단 한 번밖에 겪을 수 없는 삶이라는 사건을 선형적으로 경험하면서, 그 흔적들로 존재를 이루며 점점 더 유일한 '나'를 만들어갑니다. 그러니 과거의 내가 선택한 미래의 나만이 지금의 나를 향해 다가올 거예요.

한 조각의 문학, wefic

연여름　《2학기 한정 도서부》
서미애　《나의 여자 친구》
김원영　《우리의 클라이밍》
정지돈　《현대적이라고 말할 수 없는 죽음들》
이서수　《첫사랑이 언니에게 남긴 것》
이경희　《매듭 정리》
송경아　《무지개나래 반려동물 납골당》
현호정　《삼색도》
김　현　《고유한 형태》
이민진　《무칭》
김이환　《더 나은 인간》
안　담　《소녀는 따로 자란다》
조현아　《밥줄광대놀음》
김효인　《새로고침》
전혜진　《고르디우스의 매듭을 자르면》
김청귤　《제습기 다이어트》
최의택　《논터널링》
김유담　《스페이스 M》
전삼혜　《나름에게 가는 길》
최진영　《오로라》
이혁진　《단단하고 녹슬지 않는》
강화길　《영희와 제임스》
이문영　《루카스》
현찬양　《인현왕후의 회빙환을 위하여》
차현지　《다다른 날들》
김성중　《두더지 인간》
김서해　《라비우와 링과》
임선우　《0000》
듀　나　《바리》
한유리　《불멸의 인절미》
한정현　《사랑과 연합 0장》
위수정　《칠면조가 숨어 있어》
천희란　《작가의 말》
정보라　《창문》
이주란　《그때는》
김보영　《헤픈 것이다》
이주혜　《중국 앵무새가 있는 방》

정대건 《부오니시모, 나폴리》
김희재 《화성과 창의의 시도》
단　요 《담장 너머 버베나》
문보영 《어떤 새의 이름을 아는 슬픈 너》
박서련 《몸몸》
금정연 《모두 일요일이야》
박이강 《잠 인터뷰》
김나현 《예감의 우주》
김화진 《개구리가 되고 싶어》
권김현영 《수신인도 발신인도 아닌 씨씨》
배명은 《계화의 여름》
이두온 《돈 안 쓰면 죽는 병》
김지연 《새해 연습》
조우리 《사서 고생》
예소연 《소란한 속삭임》
이장욱 《초인의 세계》

위픽은 위즈덤하우스의 단편소설 시리즈입니다.
'단 한 편의 이야기'를 깊게 호흡하는
특별한 경험을 선사합니다.

이 작은 조각이 당신의 세계를 넓혀줄
새로운 한 조각이 되기를.
작은 조각 하나하나가 모여
당신의 이야기가 되기를.

당신의 가슴에 깊이 새겨질
한 조각의 문학, 위픽

위픽 뉴스레터 구독하기
인스타그램 @wefic_book

사서 고생

초판 1쇄 발행 2025년 2월 26일
초판 2쇄 발행 2025년 5월 7일

지은이 조우리
펴낸이 최순영

출판2 본부장 박태근
스토리 팀장 김소연
편집 곽선희 김다인 김해지
디자인 홍세연 이세호

펴낸곳 ㈜위즈덤하우스   **출판등록** 2000년 5월 23일 제13-1071호
주소 서울특별시 마포구 양화로 19 합정오피스빌딩 17층
전화 02) 2179-5600   **홈페이지** www.wisdomhouse.co.kr

ISBN 979-11-7171-730-9 04810
    979-11-6812-700-5 (세트)

값 13,000원